VIAJE TERRIBLE

Roberto Arlt

I

Cierto astrólogo me dijo una vez que el signo zodiacal que presidía la casa de mi nacimiento indicaba, entre otros accidentes, temerarios peligros en viajes de mar, y yo sonreí con dulzura porque no creía en la influencia de los astros; de manera que al iniciar mi viaje hacia Panamá ni por un momento se me ocurrió que me aguardaban aventuras tan tremendas como las que me permitirían compaginar la presente crónica, que, sumada a los informes telegráficos del corresponsal del "Times" en Honolulú, constituye una de las más sorprendentísimas historias que la Geología haya podido desear para completar sus estudios sobre las dislocaciones que se producen en el fondo del océano Pacífico.

Tuve el presentimiento de la desgracia el día 23 de setiembre a las 16 horas, momento en que permanecía recostado en la hamaca del primer puente del buque "Blue Star", mirando caer la tarde sobre el puerto de Antofagasta.

Humeaban las chimeneas de la ciudad al borde del desierto, y amarilleaban lentamente las fachadas de las fábricas. El arco del puerto, con sus casas escalonadas en la falda de los cerros, encajonaba calles en pendiente que parecían fundirse en la neblina azul que flotaba en los socavones de la cordillera.

Durante el día había soplado un viento fuerte y el aire estaba cargado del rojizo polvo del desierto. A un costado del puerto, sobre la superficie montuosa de un cerro trepaba la vía de un ferrocarril; de pronto, un convoy de pasajeros, chapadas las ventanillas por el oro del sol, se perdió entre un abultamiento de montañas y no sé por qué el corazón se me encogió dolorosamente. Si en aquel momento hubiera escuchado la voz de mis instintos habría abandonado el "Blue Star", pero poderosas razones me impedían bajar a tierra.

Esto hizo que apartando el pensamiento del fugitivo presagio, fijara la atención en los hombres que vagabundeaban por el puerto.

Como sobrevivientes de una catástrofe, pasaban cabalgando en mulos indígenas achocolatados. Más haraposos que limosneros, de cerca parecían leprosos; los ojos despestañados, los párpados encendidos, requemados por el salitre de las calicheras. Un manco, con un loro montado en una pértiga, canturreaba mostrando el muñón ennegrecido. A veces entre esta multitud de miserables descalzos, resonaba la bocina de un automóvil y se veía a los haraposos saltar precipitadamente a un costado para evitar que los aplastara la máquina.

El "Blue Star" estaba amarrado frente a una casa de piedra. En el zócalo del muro se veía una muestra de latón; bajando los ojos se descubrían numerosos botes que iban y venían en torno del buque, mientras que los brazos de los guinches rechinaban depositando en la cala del buque las últimas toneladas de salitre que podía estibar.

Yo permanecía recostado en la hamaca, extraordinariamente fatigado, las articulaciones adoloridas, debido a la quizá excesiva humedad atmosférica. Además, había estado engripado desde que embarqué en Puerto Caldera, donde mi familia, un poco violentamente, me recomendó que no me dejara ver por la localidad durante mucho tiempo. El recuerdo de las últimas estafas divertidas que cometiera, sumado a la debilidad, hacía que lo que me rodeaba adquiriera en mi sensibilidad una especie de vidriosidad de alucinación. A momentos, me imaginaba a mis compañeros de viajé bailando en los cabarets de Atacama, luego entrecerraba los ojos y me dejaba estar, arrullado por el ronquido sordo de los guinches. La última vez que abrí los ojos observé algunas palomas que revoloteaban en torno de la torre de la iglesia, que sobresalía en la pendiente de casas de piedra. Por el puerto continuaba el desfile de indígenas montados en mulos; entre las manchas verdes de un bosquecillo se extendía una muralla acornisada, agujereada por numerosas aberturas. Debía de ser un edificio público. Más allá una bandera inglesa flameaba sobre el llamado "castillo de Ab-el-Kader", cuya torre redonda se recortaba en el aire rojizo como la avanzada de una ciudadela antigua.

En ese instante estalló a mis espaldas la voz de mi primo Luciano.

—Tengo que comunicarte una noticia.

Levanté los ojos. Luciano compuso el gesto que le era habitual, pues se había especializado en comunicarle a sus prójimos malas nuevas, e inclinando su cara amarillenta y angulosa hacia la mía, repitió:

—Te juro que es tremenda. Si pudiera devolver el pasaje, lo entregaba ahora mismo.

—¿Qué diablos pasa?

—En la Sirena de Sal (el más importante cabaret de Antofagasta) me han informado que el barco no sólo ha cambiado de dueño, lo cual no tendría importancia, sino que también le han cambiado el nombre. Primitivamente se llamó "Don Pedro II" y no "Blue Star". Y tú sabes, barco que cambia de nombre está condenado a la desgracia.

En aquel mismo momento Luciano se dio cuenta de que Mariana Lacasa escuchaba sus palabras y levantó expresamente la voz para interesarla en su "noticia". Mariana Lacasa era una joven que en aquel viaje de circunvalación se había enredado en cierta manera con Ab-el-Korda, hijo de un remoto emir árabe. Luciano estaba ligeramente enamorado de miss Mariana, de modo que para engancharla en la conversación le preguntó:

—Señorita Mariana, ¿no tenía usted noticia del cambio de nombre del barco?

—No.

Ella se sentó a mi lado, y luego:

—¿Tiene acaso importancia el cambio?

Luciano prosiguió:

—Está archirrequeteprobado que barco que cambia de nombre concita contra sí la cólera de todas las fuerzas plutónicas. En síntesis, que estamos fritos.

Hacía unos momentos que a espaldas de miss Mariana se había detenido el señor Gastido. El señor Gastido era un millonario peruano que viajaba con su esposa y tres hermanas de su mujer, lo cual motivaba la murmuración de todos los maldicientes. Atraído por el perfume de carne de miss Mariana, trató jactanciosamente de aclarar la cuestión:

—¿Qué es lo que entiende usted, señor Camblor, por estar fritos?

Luciano detestaba a Gastido. En vez de mantenerse calmoso, respondió un poco nerviosamente:

—¿Qué entiendo por estar fritos? ¿Qué es lo que entiendo? Pues entiendo, señor Gastido, que usted, yo y todos los pasajeros de este buque seremos víctimas de terribles sucesos durante este viaje.

El peruano se sintió despectivo frente al destino, por dos razones: tenía dinero y sabía boxear. Replicó, entre un poco mordaz y otro poco escéptico:

—Entonces, ¿por qué se ha embarcado en este buque, caballero?

Luciano, amostazado por el retintín burlón que campanilleaba en ese equívoco término de "caballero", replicó hostil:

—No acostumbro a discutir mis presentimientos.

Dijo, y volviéndole la espalda al peruano comenzó ostensiblemente a cargar su pipa.

La situación se tornó desagradable. Miss Mariana tarareaba una cancioncilla insolente; el señor Gastido me miraba a mí y a mi primo como si tuviera la intención de rompernos los huesos, pero su esposa y las tres hermanas de su esposa le llamaron, y los cinco, dignamente, se alejaron. Luciano, echando una bocanada de humo al espacio, continuó en el mismo momento que el árabe se sentaba cortésmente junto a miss Mariana, a la que aspiraba integrar a su harem:

—Además, a bordo he descubierto otra particularidad impresionante—
Diga, diga, Luciano. Le escuchamos:

—Son muchas las cosas raras que ocurren en este barco. Primero, como les dije, el cambio de nombre, después el caso de la tripulación.

—¿Qué ocurre con la tripulación?

—¿Cómo, no lo saben?

—No.

—Pues bien: la tripulación de este buque está compuesta por un atajo de facinerosos.

—¿Qué?

—Lo que ustedes oyen. Eh, tú —exclamó dirigiéndose a un camarero que pasaba— ¿qué hacías antes de embarcarte?

—Era zapatero.

—¿Nunca habías navegado?

—No, señor.

Se alejó el camarero y Luciano, presa de un ataque de desesperado pesimismo, prosiguió:

—¿Ven ustedes? Cualquier día que la mar esté un poco picada, este forajido nos vomita encima.

Dos señoras ancianas, a quienes el léxico de mi primo horrorizó, se apartaron. Luciano dirigiéndose a miss Mariana, al árabe y a mí, prosiguió:

—No he encontrado nunca una tripulación de pasado más impresionante.

Miss Mariana sonrió.

—No se ría, miss Mariana. Verá usted. El mucamo de nuestro camarote anteriormente era guardaagujas en el ferrocarril a Santiago, pero como provocó el choque de dos trenes de carga, por embriagarse, fue expulsado de la compañía; el capataz de comedor ha sido elegido para ese cargo porque se sospecha que es un apache regenerado y sólo un apache podría hacerse respetar de semejantes autodidactos.

—¿Debido a qué eligieron gente semejante? —preguntó la señora Miriam, esposa del pastor protestante que iba relevado a Quito, y que se había aproximado silenciosamente a nuestro grupo.

—En la Sirena de Sal me informaron que la empresa está a punto de quebrar y en conflicto con las asociaciones de trabajadores portuarios. Tan mal se encuentran de fondos los propietarios del "Blue Star" que, sin confirmación... naturalmente sin confirmación... me han dicho que la instalación de telegrafía sin hilos está tan averiada que no funciona.

—¿Cómo ha tenido usted el coraje de embarcarse en semejante buque?

Luciano y yo suspiramos al mismo tiempo, sin atrevernos a responder que habíamos embarcado porque nos regalaron los pasajes y, además, que a mí, no a mi primo, sino a mí, me había acompañado a prudente distancia un escolta del jefe de policía. Pero esta es otra historia...

Tal fue la conversación con que se inició el viaje que algunas semanas después, Coun, corresponsal del "Times" en Honolulú, clasificaba con un buen sentido de la palabra la "Travesía del Terror".

II

Acabo de examinar algunas fotografías relacionadas con los sucesos en que participamos el pasaje del "Blue Star" y el de otros tres buques y que, en pocas horas, encaneció el cabello de más de un hombre intrépido. También tengo a mano fotografías de multitudes detenidas frente a las pizarras de los diarios, enterándose codiciosamente de las noticias telegráficas, relacionadas con nuestra agonía.

¡Qué veinticuatro horas de horror vivimos! ¡Y el Pacífico sereno en las costas de América, sin dejar sospechar la existencia de un megasismo que lo atorbellinaba en una superficie de trescientas millas, mientras que el sol lucía en el espacio como si quisiera multiplicar las ansias de vivir que experimentábamos nosotros, los condenados a muerte!

¡Aún me acuerdo! El horizonte permanecía sin una nube, mientras que los buques "Pájaro Verde", "Red Horse", "María Eugenia" y "Blue Star", se deslizaban en espiral hacia un eje de catástrofe desconocida que bruscamente abrió su embudo engullidor en la plateada superficie del océano.

Los curiosos, detenidos frente a las pizarras de los periódicos, terminaban por comprender, estudiando la espiral dibujada en un plano horizontal, cuál era la naturaleza de esa fuerza oceánica que profundamente atorbellinada nos arrastraba hacia su centro como a ligeras briznas. Y era terrible contemplar estas naves, perdidas bajo el cielo resplandeciente, las máquinas en perfecto estado de funcionamiento, los cascos sin una grieta, las tripulaciones y el pasaje atemorizados en la borda, cogiéndose de los brazos de los oficiales taciturnos, algunos de los cuales terminaron por saltarse la tapa de los sesos. ¡Sí, digo que era terrible!

La única explicación del suceso, mejor dicho, la primera explicación del suceso, la proporcionó Coun, corresponsal de "Times" en Honolulú, citando la frase que French había engarzado en su Geología y que expone más o menos la teoría del "megasismo", diciendo:

"Las grandes diferencias de nivel entre las costas chilenas y japonesas del Pacífico convierten a éstas en lugares predestinados a una gran sismicidad, y la más verosímil es la teoría que supone que el fondo del Océano Pacífico está perturbado por vastas dislocaciones".

Pero dejemos a Coun y a sus comunicados, que ya llegaremos a ellos en las próximas páginas de mi crónica, y permítanme informarles por qué razón me encontraba a bordo del "Blue Star".

Seré sincero, totalmente sincero.

Debido a una serie de estafas con cheques sin fondo que había cometido en perjuicio de importantes mercaderes del sur de Chile, mi padre, utilizando ciertas influencias de las que me está vedado hablar, obtuvo que el gobierno me adjuntara a la "Comisión Simpson". La Comisión Simpson, compuesta de varios ingenieros, oceanógrafos y geólogos, debía examinar la eficiencia de una nueva patente acústica, confeccionada para sondar las grandes profundidades del Pacífico. Mi obligación consistía en trasladarme hasta Panamá; en Panamá embarcaría con algunos miembros de la comisión hacia Honolulú; donde trasbordaría al buque sonda del gobierno americano "H-23" en categoría de agregado honorario.

Honestamente no puedo jurar que el aparato acústico y las profundidades oceánicas me interesaran violentamente, pero las perspectivas de aventuras y desembarcos en playas indígenas, las deudas, la casi sombría atención que me dedicaba nuestro prefecto de policía y la cara torcida que dibujaban mis parientes al verme aproximar a sus mesas, me determinaron a aceptar la invitación del gobierno, que en vez de enviarme a la cárcel, como lo solicitaban mis méritos, me nombró adjunto honorario a la "Comisión Simpson de sondajes submarinos". Como dije anteriormente, yo debía re-unirme con esta comisión en Honolulú, y no sé por qué se me ocurre que mis parientes tuvieron la secreta esperanza de librarse de mí mediante el auxilio de los antropófagos que aún suponen existen en los islotes de los mares del Sur. Personalmente, considero responsable de esta sugestión a mi primo en segundo grado, Gustavo Leoni, lector asiduo de Emilio Salgari.

El 12 de setiembre embarqué en Puerto Caldera con mi primo, pero inmediatamente caí a la cama atacado de gripe. El "Blue Star" hacía alto en casi todos los puertos de la costa hasta llegar a Antofagasta, donde completó su carga con salitre.

El pasaje del "Blue Star" se componía de varias familias inglesas, el señor Gastido y sus cuñadas, miss Mariana, un árabe auténtico con chilaba, pantuflas y fez. ¡Que Dios maldiga al árabe! Si mi primo creía que lo que llamó la desgracia al barco fue el cambio de nombre, Luciano estaba equivocado. El que atrajo la desgracia sobre el barco fue el siniestro Ab-el-Korda, que todas las tardes, al caer del sol, se arrodillaba en dirección a la Meca y hacía sus oraciones rebrillándole los ojos almendrados. Como lucía perfil de cera dorada y una barba de chivo, y como además saludaba cortésmente a las damas tocándose la frente, los labios y el corazón con los dedos de la mano derecha, apareció de inmediato como un peligrosísimo adversario en lances de amor. Este bergante, hijo primogénito de un emir de Damasco, dirigió primero su atención a miss Mariana, que le rehuía atemorizada secretamente de que pudiera incorporarla a su harem, pero el árabe, al verse despreciado por la joven que desde que cumpliera los treinta años se había vuelto una resuelta partidaria de los hombres de mar en las lides amorosas, se dedicó a una vieja escocesa cuyo rostro parecía un colador de pecas, y que acarreaba una Biblia descomunal de una hamaca a otra. A las veinticuatro horas de navegar, la vieja escocesa estaba resuelta a convertir al árabe al anglicanismo. Otro personaje insigne, que también viajaba involuntariamente, era el conde Demetrio de la Espina y Marquesi, caballero de Malta e insignísimo ladrón internacional, cuya expulsión decretó nuestro gobierno. Demetrio de la Espina y Marquesi, era un noble auténtico y un donoso caballero; los que le conocían estaban encantados de frecuentar su compañía, y como él era hombre prudente, para ponerse a cubierto de cualquier sospecha de hurto, entregó la llave de su camarote al Capitán, de manera que éste, sin previo anuncio, pudiera revisarlo, si algo llegaba a faltarle a los pasajeros.

Más adelante comprobaremos que dicha precaución fue muy atinada. Entretanto, como un hombre de honor, compartía el trato con la dama escocesa, que también se había propuesto llevarle por el buen camino por la "vía de los rufianes y conductores de bueyes", como llaman algunos al Libro de los Profetas.

Me he permitido distraer la atención de ustedes nombrando a estos personajes curiosos, entre los que no incluí al reverendo Rosemberg y su esposa, pastor metodista, para que ustedes adquieran el sentido de que el nuestro era un pasaje extraño, dada la diversidad de personas, psicologías, temperamentos y costumbres, pero jamás supuse que el viaje, que verosímilmente prometía ser singular, se transformara en lo que acertadamente se denominó más tarde la "Travesía del Terror".

Esta travesía tuvo un prólogo casi regocijante, dos horas después que el "Blue Star" desamarró. Aún estábamos a la vista de la costa. El cuerno de la luna lucía en un espacio recargado de estrellas gordas como nueces y yo ya había olvidado las predicciones de mi primo, que bebía un whisky en compañía del pastor Rosemberg. A la natural melancolía que me acongojara durante el crepúsculo, había sucedido cierta jovial ecuanimidad.

Pensaba que la vida es dulce en el puente de una nave. Aunque ignoramos el motivo, los días de viaje parecían días festivos, vistiendo a los astros, a la luna y a los planetas de una luz diferente de la que centellean cuando les vemos desde la humosa superficie de la tierra. Hacía estas suaves consideraciones, mientras el pastor le explicaba a mi primo en qué radicaba la superioridad de los sajones sobre los latinos, cuando, de pronto, el reverendo, como si se encontrara en el camino de Damasco y se le apareciera la figura de Jesucristo, se puso de pie, estiró el brazo y luego cayó atónito sobre su hamaca. Miramos en la dirección que señaló su dedo y lanzamos un grito.

Un torbellino de chispas y de humo escapaba de su camarote.

—Fuego, fuego, —gritaron todos, abalanzándose en busca del camarote del Capitán.

A los gritos de mis compañeros la cáfila de aventureros que se encontraban levantando los cubiertos en el comedor se largó al pasillo, las dos ancianas que por la tarde se apartaron indignadas de mi primo, rechazadas por sus pintorescas expresiones, optaron por desmayarse; el reverendo pastor que durante un instante pareció sumergido en el más total de los colapsos, bruscamente irguió la sacerdotal figura, desenfundó un revólver (¿para qué llevaría revólver el pastor?) y comenzó a descerrajar balazos en dirección al océano. Estoy en disposición de facilitar estos datos porque fui el único que no echó a correr en busca del Capitán; primero, porque los otros ya estaban en camino; segundo, porque he aprendido que siempre que se produce un tumulto a causa de un peligro lo más práctico es mantenerse apartado.

Recuerdo, eso sí, que observé al árabe funesto: mesándose la barba, se echó de rodillas sobre el puente, en dirección a la Meca, al tiempo que rezongaba sus oraciones islámicas. Mientras Ab-el-Korda invocaba el auxilio del Profeta sobre la nave, miss Mariana terminó de desprenderse del camarote del radiotelegrafista, que, sonrojado como *el* mismo incendio, trataba de remediar el desorden de su casaca. Cuando el radiotelegrafista se percató del rulo de fuego que brotaba del camarote, profiriendo una blasfemia, se lanzó en busca de los tripulantes, pues nadie hacía nada por apagar el fuego. Finalmente un grumete, creo que el único y auténtico hombre de mar de a bordo, cogió una manguera, hizo girar la llave del depósito y comenzó a inundar el camarote del reverendo.

Cuando el Capitán y sus ayudantes se hicieron presentes, el incendio estaba apagado. Pero el Capitán llegó a tiempo para escuchar al agorero de mi primo, que en un círculo de gente pontificaba —¿Han visto? ¡Esto es lo que sucede por cambiarle el nombre a un buque! Y lo que ha pasado no es nada comparado con lo que va a ocurrir.

—Deje usted de alarmar a los pasajeros o lo encierro en un calabozo — rugió el Capitán, mientras que con un gancho revolvía los bultos medio quemados, que era todo lo que quedaba del equipaje del pastor. Y como Luciano comprendió que el Capitán era un bruto capaz de poner en práctica su amenaza, no repitió palabra. A partir de aquel momento se le vio por el "Blue Star" con aspecto de hombre cuya dignidad menoscabada no le permite exteriorizar sus aprensiones, y si alguien, clandestinamente, le quería arrancar confidencias, él respondía muy enfático:

—Prohibido ser adivino a bordo.

Tal fue el accidente que "amenizó" la primera noche de viaje, después que salimos del puerto de Antofagasta. En las cuarenta y ocho horas que siguieron no ocurrió nada digno de mención. El buque, navegando lentamente, seguía paralelo a la costa del Norte.

Al iniciarse la tercera noche de nuestro crucero, descubrí un pequeño secreto. El médico de a bordo, al cual le estaba prohibido ejercer su profesión en tierra debido a su excesiva afición a la ginecología ilegal, en cuanto el pasaje se iba a la cama se reunía con el señor X (nunca pude recordar el nombre del señor X, que se suicidó el día del gran terror), agregado comercial a la embajada del Japón, el pintor mexicano Tubito y otro señor del que tengo la seguridad que llenaba el vacío de sus ocios contrabandeando cocaína. Estos caballeros, por riguroso turno, se introducían en el consultorio del médico, retiraban del armario de primeros auxilios frascos rotulados con calaveras o inscripciones que rezaban "Uso Externo" y destapándolos bebían el ron que contenían. Al amanecer confundían alegremente sus respectivas camas. Una noche el médico partero se emborrachó tan desaforadamente que a toda costa quiso introducirse en el camarote del pastor. Alegaba que la esposa del reverendo estaba por alumbrar. Armado de un pavoroso fórceps pretendía cumplir su extemporáneo despropósito. Finalmente rodó por el suelo y yo les prometí a sus compañeros guardar silencio sobre el incidente porque proyectaba usufructuar el noble néctar que contenían los frascos de "Veneno" o "Uso Externo". Sin embargo, rápidamente me desinteresé del cuadrunvirato alcohólico porque dediqué mi tiempo a cortejar a Annie Grin, que ocupaba con su madre uno de los camarotes del puente superior.

¡Annie! Jamás he conocido criatura más voluptuosa, a pesar de la química industrial, que esta muchacha. Annie era ingeniero-químico. Yo me sentía arrebatado por un torbellino de sabiduría si asomaba la cabeza al pozo de sus conocimientos. Cuando a pesar de la química pasaba su brazo fresco por mi pescuezo, yo entraba en el éxtasis que debe de gozar un sapo en presencia de la rosa. A veces, de codos en la pasarela, olvidábamos el caminar del tiempo. El agua se desflecaba en coágulos de espuma contra el alquitranado casco de la nave. Un viento que venía de la India, cruzando toda la anchura del océano Pacífico, adhería el vestido a sus formas y las moldeaba. Entonces el cielo me abría sus puertas y yo, semejante a un espíritu borracho de luz, creía pasearme por un bosque embellecido de vastos árboles de emoción.

Al detenerme frente al espejo del ropero de mi camarote, mi cara aparecía tatuada de muescas rojas. Era el rastro pintado de sus besos.

Sin embargo estaba preocupado. Una de mis obsesiones consistía en sopesar las probabilidades que tenía de desistir de mi absurdo viaje como miembro honorario de la Comisión Simpson de Sondajes. ¡Qué me importaban a mí las profundidades del suelo marino del océano Pacífico! Lo que deseaba era seguir con Annie hasta Shangai. Desvariando de esta manera solía encontrarme despierto a la luz del nuevo día. Entonces, tapándome la cabeza con una almohada, trataba de dormir.

Quizá estaba desesperado. Un engranaje invisible me había enganchado la voluntad entre sus dientes. Yo me sentía triturado por toda la potencia planetaria de la Fatalidad. ¿Con qué dinero iba a vivir en Shangai? ¿No estaba acaso más pobre que una rata? Un destino negro me había amarrado a su carro, un destino cuyo definitivo aspecto no conocía aún, pero que me mantenía apretado a su designio con su poderoso puño.

A cada hora que pasaba experimentaba un rencor profundo contra mis parientes; contra mi padre, que me entregó como uno de sus rotos esclavos a la ejecución de un trabajo disparatado que no podía serme en modo alguno provechoso. Si yo era un bribón, ellos no lo eran menos. Mi mismo padre, ¿no era acaso un audaz afortunado que... ? Corramos la página...

III

Annie en cambio me abría las puertas de otro mundo más allá en el Oeste.

Yo desconocía el idioma de aquel mundo amarillo y curvado, pero esto no era lo grave, lo grave consistía en que yo carecía de una profesión, lo cual me ponía en inferioridad de condiciones frente a Annie. Esta incapacidad podía transformarse en el eje de nuestra futura desdicha.

Dije anteriormente que Annie era ingeniero-químico y esta referencia puede carecer de importancia cuando los informados carecen de conocimientos científicos que les permitan apreciar cuánto trabajo y estudio se requiere para alcanzar este título. Annie era un sabio o poco menos que una sabia- Su especialidad eran los coloides, y dentro de los coloides, la goma, es decir, el caucho, o mejor dicho, el látex. A lo que parece, Annie había descubierto un procedimiento para evitar que la deshidratación del látex provocara su coagulación, lo que le permitiría efectuar poco menos que una revolución en la industria de los tejidos engomados, o mejor dicho, a mi entender, en la industria de los impermeables.

Annie me hablaba constantemente de la revolución o ruina que les acaecería a los fabricantes de impermeables en cuanto su invento se pusiera en marcha. Yo no entendía una palabra de química, pero no era todavía suficientemente bruto para desestimar las confidencias de Annie.

Su proyecto, o mejor dicho, sus miras acerca de mi persona eran amplias. Ella tenía el proyecto de convertirme en su "manager"; yo sería el encargado de ponerle el revólver al pecho a todos los fabricantes de impermeables. Adquirían la patente de Annie o Annie los reventaba.

Pero si el método químico de Annie no daba resultados, ¿qué hacía yo? Annie daba por hecho que todos los fabricantes de impermeables se apresurarían a adquirir los derechos de su invención, pero yo dudaba y llegaba en último término a la conclusión de que un día me encontraría casado con una ingeniero químico y en terribles condiciones de inferioridad.

A nadie se le oculta que todo profesional apasionado desea tener alguien con quien intercambiar impresiones acerca de las experiencias que recoge en su profesión. Y Annie si se casaba conmigo no podría conversar de goma, ni de química, ni de coloides, en primer término porque yo no sabía absolutamente nada de química y en segundo término porque la química no me interesaba. ¿Y qué podría yo responderle a Annie el día que me dijera que llegaba tarde a casa porque se había quedado conversando con un colega amigo de especialidades de la materia?

Y si Annie se quedaba conversando con un especialista en la materia, ¿quién podía impedir que Annie se enamorase de él? No era esto seguro, pero, ¿no es acaso una ley que los iguales se buscan?

Terminaba de hilvanar silenciosamente dichas reflexiones la quinta mañana de nuestro viaje, mientras formaba parte de la rueda de pasajeros que integraban la señora del pastor Rosemberg y mi primo. Luciano trataba de consolar a la señora del pastor de la pérdida que sufriera en el incendio (tres pijamas, una salida de baño, varias camisetas y fotografías de la localidad abandonada), cuando la señorita Herder, una feminista sueca que ocupaba un camarote junto a los de la familia del caballero peruano, enarbolando sus flacos y pecosos brazos, apareció corriendo al tiempo que gritaba:

—Me han robado el equipaje. Me han robado el equipaje.

Un equipaje no es un pañuelo que se escamotea a las primeras de cambio. Involuntariamente dirigimos los ojos al conde de la Espina y Marquesi que conversaba risueñamente con miss Mariana. El caballero de Malta, como si no percibiera la intención de nuestras miradas, continuó conversando con la coqueta, mientras que mi primo exclamó:

—¡Señoras... señores... está prohibido ser adivino en este buque!

Semejante golpe de mano era una advertencia seria. En consecuencia resolvimos ir en masa a protestar ante el Capitán por la falta de vigilancia y orden que esto suponía. El Capitán, a pesar de ser un perfecto bruto, como creo haber dejado establecido en otra parte, escuchó nuestras protestas con talante sombrío. A él también le impresionaba la coincidencia (llamémosla coincidencia) del cambio de nombre del buque con una serie de acontecimientos cada vez más graves, como si efectivamente se desarrollaran bajo el auspicio de esa superstición. Murmuró algo que no entendimos y luego, con pasos enérgicos, se dirigió al camarote de miss Herder. El conde de la Espina y Marquesi, por supuesto, no se movió del lugar donde conversaba con miss Mariana.

En el camarote de miss Herder se descubría el orden del vacío. Faltaban dos maletas de cuero, razonablemente pesadas, y un maletín de mano.

En el maletín de mano miss Herder guardaba los originales de una novela. Yo conocía dos capítulos, y cuando me enteré de la desaparición del maletín pensé que los dioses protectores del Sentido Común trataban de impedir que miss Herder intentara estupidizar a sus prójimos, revelándoles las tonterías que germinaban en su caletre. Bueno, el caso es que, aparte de la novela, rniss Herder quedaba con lo puesto. Eso no podía ser.

El Capitán dispuso que los tripulantes, incluso el radiotelegrafista, encabezando cada uno una comisión de varios hombres, registrara íntegramente el buque. El registro comenzó a la diez de la mañana. Todos los pasajeros quedamos preventivamente confinados en el comedor-Recuerdo que mi primo se acercó a un florero y significativamente sacó de allí una margarita de papel. Luego comenzó a arrancarle pétalo tras pétalo; lo hacía despaciosamente y terminó exclamando: —No me quiere.

Con ello quería expresar que el Capitán no encontraría las maletas de miss Herder y esta conclusión era tan arriesgada que el caballero peruano dirigiéndose a mi primo le dijo:

—Le apuesto a usted cien soles que las maletas de miss Herder aparecen.

Luciano se irguió dignamente y repuso:

—No jugaré con usted un solo cobre,

pero le doy a usted mi palabra de honor de que las maletas de miss Herder están perdidas.

Evidentemente, Luciano era audaz.

Después de escucharlo, miss Herder se puso a llorar desconsoladamente, pero el pastor protestante aproximándose a ella le dijo que no hiciera caso de las predicciones de mi primo. El conde de la Espina y Marquesi agregó que las predicciones efectuadas sobre la base del arrancamiento de pétalos de margaritas son únicamente válidas en casos amorosos, pero no en los de pérdidas de maletas. Esta ingeniosa sutileza del conde encontró un amplio círculo de partidarios y Luciano, enfoscándose en una sonrisa pedantesca, dijo textualmente:

—Declino pronunciarme sobre la interpretación del conde, pero sostengo nuevamente que las maletas no aparecerán.

Evidentemente, la actitud de Luciano era estúpida. Me acerqué a él y le dije:

—¿Qué diablos ganas con malquistarte con esta gente? Todos están deseando que alguien te tome de los pies y te arroje al agua. ¿Por qué no te callas?

La señora del pastor dijo, mientras su marido se sumergía en la lectura de la "Vida de San Pablo", que ella sabía echar las cartas y que en broma las echaría para comprobar si las maletas de miss Herder aparecerían o no, y así lo hizo.

La mujer del pastor por medio de la baraja llegó a la conclusión de que las maletas serían halladas dentro del camarote de un hombre rubio, y todos acogieron con sonrisas estas optimistas anticipaciones y Luciano, por toda respuesta, se limitó a encogerse de hombros.

A las cinco de la tarde, con particular satisfacción de mi primo, apareció el Capitán, la cara de bulldog enrojecida hasta las orejas.

¡Las maletas no habían podido ser recuperadas! "El, personalmente, se encargó de revisar los ventiladores y las carboneras. No sabía qué decir".

Las maletas de miss Herder evaporadas tan absolutamente, inspiraron al conde de la Espina y Marquesi, que poniéndose de pie y mirándola a miss Herder, dijo:

—"Mia cara signorina" (al conde le gustaba mezclar palabras italianas con las castellanas). "Mia cara signorina" ¿no padecerá usted de accesos de sonambulismo y en uno de esos ataques habrá arrojado las maletas al mar? Miss Herder negó terminantemente padecer de sonambulismo. Por último, las mujeres del pasaje resolvieron hacer una colecta de prendas hasta que llegaran a un puerto donde la Compañía de Navegación (según el Capitán) indemnizaría a miss Herder de la pérdida de sus efectos.

Hubo un momento en que miss Herder pareció dispuesta a suicidarse, pero el hijo del emir de Damasco *se* dedicó a consolarla en nombre de la colectividad musulmana con tanta vehemencia, que miss Herder optó por no suicidarse y sí rendirse al encanto magnético que trascendía de los ojos morunos del gran barbián. Bruscamente, miss Herder lanzó un grito de alegría: "recordaba ahora haber dejado una copia de su novela en la casa de una prima que vivía en Puerto Caldera".

Excuso decir que mi primo se esponjaba de alegría. En un arranque de vastas intuiciones en el mundo de los espíritus, exclamó:

—¡Esto no es nada comparado con lo que va a suceder!

La esposa del reverendo Rosemberg repuso:

—¿Cree usted en serio que va a ocurrir algo más?

—Sí.

La pobre mujer dejó caer la cabeza sobre el hombro de su esposo; el reverendo examinó a mi primo con sospechosa curiosidad; el conde de la Espina se inclinó confidencial sobre el oído de miss Mariana; Annie susurró en mi oreja: "Tu ' primo es un personaje terrible", y en aquel mismo momento el heroico grumete, que tan denodadamente se batiera con las cortinas inflamadas del camarote del reverendo, se nos acercó anunciándonos que "el Capitán quería hablar con el señor Luciano".

Después Luciano nos contó que el Capitán le pidió encarecidamente que no alarmara a la tripulación con sus pronósticos. Verdad es que el Capitán (y esto nos lo dijo después el Capitán) le ordenó a Luciano que se dejara de profetizar, y enérgicamente, bajo la expresa y formal amenaza de encerrarlo en un calabozo como volviera a abrir la boca para vaticinar desgracias. Pero ya era tarde. Los augurios de mi primo habían dado vida a un secreto temor que se despertaba en el subconsciente de todos los tripulantes. Hasta el último de los carboneros tenía conocimiento de que a bordo existía un pasajero con un impresionante acierto para olfatear desgracias. Las señoras sentíanse tan atemorizadas que, reuniéndose en un rincón del comedor, observaban asustadas a mi primo. Otras rezando novenas le deseaban una mala muerte. En general, todos le cobraban antipatía a Luciano a medida que se iban sobreexcitando. Varias damas llegaron a sentirse enfermas; algunas no se atrevían a abandonar la litera, como la madre de Annie, quien, con gran alegría de mi parte, sustrayéndose a la vigilancia maternal, venía a charlar a mi camarote.

Otras personas, en cambio, reaccionaban tan nerviosamente que, porque un camarero (el zapatero redimido del tirapié) dejó caer una bandeja en el comedor, la tercera hermana de la mujer del caballero peruano se lanzó a chillar histéricamente. Fue menester retirarla del comedor presa de un ataque de nervios. Era esta señorita una dama entrada en años, de peinado liso y empaque severo, hilvanada de alfileres desde la punta de los pies hasta la nuez del pescuezo. Decía de sí misma que era increíblemente virtuosa. Inútilmente acribillaba a miradas al hijo del emir de Damasco, pero el excelente musulmán, olvidado por completo de miss Mariana, a la que pretendiera al comienzo del viaje, se dedicaba empeñosamente a miss Herder, cuyas defensas eran más débiles a medida que pasaban los días. El ginecólogo de a bordo se paseaba socarronamente, augurando que miss Herder en ese viaje perdería no tan sólo sus maletas sino también la tranquilidad.

En realidad, aquel fue el viaje de los compromisos, pues miss Mariana parecía ahora dispuesta a descifrar todos los misterios del alfabeto Morse pasándose los días en que el radiotelegrafista estaba libre en el camarote de éste. En vista de semejante pérdida, el conde de la Espina y Marquesi se asoció al contrabandista de cocaína y en la sala de primeros auxilios, él, don Tubito, el médico y el señor X se entregaban a desaforadas partidas de naipes, desplumándose recíprocamente como tahúres. El Capitán transcurría sombrío sus días, encerrado en la timonera, y por intermedio de miss Mariana supe que el aparato de telegrafía sin hilos no funcionaba aún. Nuestra situación evidentemente era antirreglamentaria y extraña, ya que nos encontrábamos sumamente alejados de la costa. Hacia el Este quedaba el Perú; navegábamos ahora sobre los abismos más profundos que los oceanógrafos creen haber sondado en el océano Pacífico.

Muchos comenzaban a sentirse deprimidos. Algunos creían percibir una amenaza de muerte suspendida sobre sus cabezas. Parecía que una deidad superior tratase socarronamente de darle razón a mi primo.

Annie ya no traía sus libros de química al camarote. Sus brazos enlazándose tras mi nuca me ataban a su vida con nudo inmortal. Cuando sus labios se entreabrían para adherirse a los míos en un beso semejante al de una ventosa, el "Blue Star" pudiera haberse ido al fondo de los abismos. No nos hubiéramos enterado.

Sin embargo, una noche en que me paseaba por el primer puente, aguardando la hora de reunirme con miss Annie, me ocurrió un hecho sumamente extraño. El médico de a bordo, se acercó cautelosamente a mí y me dijo:

—¿No tomará usted a mal que le pregunte si está muy enamorado de miss Annie?

En otra persona esta pregunta no me hubiera sabido bien; en el médico borrachín semejante curiosidad me causó gracia y no tuve reparos en contestarle:

—Sí. Estoy enamorado: ¿Por qué?

—Si yo le hiciera una confidencia respecto a miss Annie, ¿me delataría usted?

Esa impertinente curiosidad que es la eterna enemiga del enamorado me perdió. Sin saber reprimirme le respondí con avidez:

—Cuente con mi discreción.

—¿Me da usted su palabra?

—Sí.

—Pues tenga cuidado con lo que hace, porque miss Annie está loca.

Me quedé mirándolo atónito.

—¡Loca!

—Sí. Ella cree que es ingeniero-químico y que ha inventado no sé qué disparates...

—No es posible.

—Pues ya lo ve.

—Le digo que no veo nada.

—Sin embargo es como le digo.

—Mire, doctor. Yo he conversado con Annie muchas horas. Salvo esa particularidad de la química, de la que tiene un endiablado conocimiento...

—Pues está loca por eso... por creerse ingeniero-químico...

—¿Nada más?

—¿Le parece poco?

—No, no es que me parezca poco, sino que no termino de entenderlo...

—Mire. La historia es más simple de lo que-usted cree. Miss Annie tuvo un hermano que era efectivamente ingeniero-químico. Miss Annie estaba sumamente encariñada con ese único hermano, que murió a consecuencia de un accidente sufrido en un laboratorio, durante la verificación de un experimento. La impresión que le causó este suceso fue tan tremenda, que acabó por sufrir un trastorno mental. ¿Duda, usted?

—Le juro que lo escucho y no sé qué pensar.

—Es terrible. La madre, por consejo de unos especialistas, ha sacado a viajar a esta desgraciada hija. Bueno, le dejo porque me esperan en la enfermería.

Desapareció el médico y yo quedé en el puente de la nave, frente al océano negro y el cielo cuajado de estrellas rutilantísimas y como quien ha visto un fantasma. ¡Miss Annie loca! ¡Y yo enamorado de una loca!

Me apreté las sienes con desesperación, y de pronto, como si alguien, como si otro fantasma quisiera salvarme de la tremenda revelación, una voz sutil murmuró en mi oído interno:

—Todo lo que te ha dicho ese médico borracho es mentira.

Respiré aliviado. Miss Annie no estaba loca. Yo no quería que estuviese loca. Lo que me contara el médico descalificado era el simple producto de una intoxicación alcohólica y tratando de desvanecer en la superficie de mi conciencia las señales perturbadoras que su revelación me causara, me puse a caminar con pasos rápidos a lo largo de la pasarela. De pronto se desprendió del horizonte oceánico una luna amarilla y enorme como la rueda de un carro, que proyectó entre el confín y la nave una vereda de agua amarilla.

Respiré aliviado. Ninguno de los juicios, de las palabras, de las actitudes de miss Annie revelaban a una persona que sufre trastornos mentales. En cuanto a su invento para perfeccionar la industria de las telas engomadas, aunque parezca disparatado a simple vista, no lo es en modo alguno, ya que la industria de la tela engomada técnicamente ha sufrido considerables transformaciones desde sus comienzos y estas transformaciones fueron obras de inventores desconocidos para nosotros, pero que en sus momentos ganaron abundantes sumas de dinero.

No. No. No. Miss Annie no estaba loca. Aquella maldita historia era producto de la descentrada imaginación del ginecólogo borracho. ¿No se le había ocurrido ya una vez la disparatada idea de que la señora del pastor Rosemberg estaba por alumbrar y no pretendió introducirse en su camarote, armado de un fórceps descomunal?

Veinticuatro horas después me había olvidado definitivamente de aquella fantasía de nuestro médico y me entregaba sin restricción alguna al amor de Annie. Las horas volaban entre los dedos de nuestras manos ligadas por caricias, como plumas aventadas. Nunca el horario de un reloj giró tan apresuradamente. Abandonada en mis brazos, la cabeza reclinada sobre mi pecho, los ojos perdidos en el espacio, Annie pasaba las horas de la noche a mi lado. Después que su madre se había dormido, se deslizaba hasta mi camarote. Semejante a un fantasma, sobre el fondo del cielo estrellado, veía su silueta obscura detenerse un instante frente al ojo de buey, luego avanzaba, sus brazos desnudos me apretaban contra su pecho y durante un montón de horas nos olvidábamos del cielo y de la tierra.

Había resuelto que la acompañara a Shangai. Conocía ahora los accidentes de mi vida, pues yo no quise disimularle mis imperfecciones, que eran muchas y graves. Annie tenía varios proyectos en los que yo iba honestamente involucrado. Esta posibilidad de no apartarnos nunca hacía que nos entregáramos a nuestros goces con desmedida seguridad.

Perdimos la noción del tiempo. Los días, las horas, voltearon ante nuestros ojos como si todo lo externo formara parte de un sueño que no nos atañía en lo más mínimo. Yo veía a mi primo en las horas de las comidas, escuchaba maquinalmente sus reflexiones; luego me apartaba de él para esperar la llegada de Annie que se deslizaba hasta mi camarote. El día en que recordé a los cuatro borrachos que se reunían con el médico en la sala de primeros auxilios tuve la impresión de que había transcurrido una enorme cantidad de tiempo.

Entonces me asombré de no haberle contado a Annie lo ocurrido noches anteriores en el puente al encontrarme con el médico de a bordo, y bruscamente le pregunté:

—¿No has tenido un hermano, tú?

Annie me miró asombrada:

—Tengo dos hermanos.

—¿No has tenido un hermano que murió en un accidente de laboratorio?

La extrañeza de Annie creció desmesuradamente:

—¿De dónde sacas esa historia?

Le conté lo que me había sucedido con el médico.

Annie se paseó cavilosamente de mi brazo por frente a los ojos de buey del comedor, luego:

—Si te digo algo, ¿me prometes que no vas a ir a pedirle explicaciones a ese hombre?

—No.

—¿Lo prometes?

—Lo prometo.

—¿Es una promesa como la que le hiciste a él?

—Te doy mi palabra. Digas lo que me digas me callaré.

—Pues bien. Fíjate que ayer... no; fue anteayer, el médico se me acercó y después de hacerme jurar por todos los santos que no te diría una palabra, me dijo que tuviera cuidado porque a pesar de tu buen aspecto estabas gravemente tuberculoso... y que podías infectarme.

—Pero ese hombre es un canalla.

—Me imagino que sí. Yo creo que no es médico sino un estudiante de medicina descalificado. La vida de a bordo lo aburre y se entretiene en inventar historias.

IV

Tipos, intrigas, mujeres y accidentes pasaron a segundo plano. El océano no merecía de mis ojos sino una mirada distraída. Creo que el mismo fenómeno le acontecía al hijo del emir de Damasco. Una noche le sorprendí entrando subrepticiamente en el camarote de miss Herder, y como también miss Mariana no se recataba para ocultar su felicidad, el pastor Rosemberg llegó a estar un poco escandalizado, e incluso a felicitarse de que faltaran pocos días para terminar el endiablado viaje.

Efectivamente, por los cálculos que pergeñó mi primo, debíamos encontrarnos frente a Illo o entre los puertos de Moliendo y Callao. El agua, como es frecuente en esas regiones, adquirió un matiz calino que ha dado origen a la definición de "mar de leche". Grandes sábanas de azogada blancura se estrellaban contra las negras planchas del casco; por la noche el océano brillaba como si estuviera pintado horizontalmente de luz muerta.

A esta altura del viaje se produjo un grave accidente.

Eran las once de la noche. Un choque conmovió el costado de la nave, estremeciendo el lado izquierdo del "Blue Star" en toda la verticalidad. En la timonera, la campana del telégrafo de órdenes comenzó a repiquetear desesperadamente, mientras que el buque, extrañamente herido, comenzó a girar suavemente. De improviso se produjo una ausencia de trepidación en el coloso:

—Acaban de detener las máquinas —susurró mi primo parándose a mi lado y con las tiras de lona del chaleco salvavidas cruzadas sobre el pecho.

Evidentemente, lo que acababa de ocurrir debía de ser muy grave. Nadie se permitió la debilidad de desmayarse. —Debemos de haber tocado un peñasco submarino —suspiré. Recuerdo que me sentí terriblemente asustado.

—No —murmuró el señor mexicano—. Si hubiéramos tocado el peñasco el barco estaría inclinándose a un costado.

La observación del señor Tubito era razonable. La gente alarmada por el tremendo silencio mecánico abandonaba apresuradamente los camarotes. Annie, en compañía de su madre y una señora irlandesa, vino a refugiarse a mi lado. Bajo sus chales, traían los chalecos salvavidas.

Sin embargo nada permitía suponer la existencia de una avería que hiciera agua en el casco. Sobre la llanura fosforescente en amarillo muerto el buque, monstruosamente silencioso, giraba sobre sí mismo, semejante a un toro que aguarda la acometida de su enemigo.

En pocos minutos el pasaje se encontraba en la pasarela buscando con los ojos, en redor, la presencia física del peligro. Todos hablaban en voz baja como si subconscientemente no quisieran con un sonido extemporáneo agravar el desequilibrio invisible, terriblemente latente en el espacio.

De pronto un marinero apareció, explicando en voz alta:

—No tengan miedo, señores. No tengan miedo. Se ha roto un perno del árbol del timón. No tengan miedo.

Respiramos. Nada mortal de inmediato. Mi primo, rodeado de una parte del pasaje que lo examinaba, atónito de su clarividencia, gritó, pues ya no podía sujetar más su lengua:

—¡Esto no es nada comparado con lo que va a suceder!

En mi vida he visto a hombre recibir tan magnífico puñetazo. Luciano cayó sobre el entarimado arrojando un chorro de sangre por la nariz. El que acababa de confirmar sus presagios (aunque no personales) era el irritado Capitán, que vociferó:

—¡Encierren a este canalla en un calabozo!

Entre un grumete y el zapatero redimido del tirapié se llevaron a Luciano completamente exánime. Entonces, yo, plantándome frente al Capitán, comencé a chillar en defensa de mi primo; pero el Capitán, cruzándose de brazos, rugió:

—No toleraré que nadie alarme por su propio gusto a la tripulación. Este hombre se ha extralimitado y yo ya le había advertido...

—Estoy completamente de acuerdo con usted —intervino el caballero peruano...

—Usted también cállese inmediatamente o lo encierro...

Como el caballero peruano no esperaba este recipe cerró el pico, y el Capitán prosiguió:

—El desperfecto del timón será reparado dentro de pocas horas. Es un accidente sin importancia... pero no permitiré que ningún irresponsable se divierta atemorizando al pasaje.

Aquel bruto tenía razón. Es innegable que Luciano había rebasado la medida en el ejercicio de su profesión de profeta, pero los argumentos del Capitán, lejos de tranquilizar a los viajeros, terminaron por aterrorizarles. A nadie se le ocultaba que la avería no era un accidente sin importancia. Miss Mariana, que estaba al lado de Annie, dijo:

—Si no reparan pronto el timón iremos al garete. Menos mal que hay calma chicha.

Le pregunté si el aparato de telegrafía sin hilos continuaba deteriorado. Susurró:

—Sí.

El contratiempo podía ser gravísimo. Por otro costado, el pintor Tubito, como si creyera ser él solo conocedor del secreto del telégrafo, me informó:

—¿No sabe usted que el aparato de radiotelegrafía está descompuesto? Me aparté de la pasarela con Annie. El buque permanecía detenido en medio de una llanura que parecía pintada de amarillenta luz muerta. Se escuchaba solamente el zumbido eléctrico de los dínamos. La gente iba de popa a proa hablando en voz baja, gesticulando; algunos encontraban excesivo el castigo que el Capitán propinara a Luciano; otros descubrían que era merecidísimo y las hermanas del caballero peruano, en compañía de otras señoras, resolvieron reunirse en sus camarotes para impetrar la protección divina.

Ab-el-Korda, el hijo del emir de Damasco, hombre piadoso a pesar de sus costumbres disolutas para nuestro criterio occidental, desenfundó su Corán y se dio a meditar en las apariencias que revestiría el Ángel de la Muerte cuando viniera a pedirle cuentas de su conducta terrestre. Miss Mariana tornó a sumergirse en el camarote del radiotelegrafista. Miss Herder, la feminista, me causó la impresión de estar dispuesta a convertirse al islamismo, porque junto al árabe le prodigaba los consuelos de una hurí pecosa (suponiendo que las huríes puedan tener pecas). El conde de la Espina y Marquesi se anegó con el médico y los truhanes de su compañía en otra interminable partida de poker. Los ganapanes del servicio de comedor, el ex guarda-agujas y el apache renegado, me parecieron dispuestos a degollarnos a las primeras de cambio, excitados por esa atmósfera de fatalidad que parecía pesar sobre el buque y de la que mi primo Luciano era el único e infalible clarividente.

Aprovechando que el Capitán y sus hombres estaban ocupados en la reparación del aro del timón, bajé al compartimiento de máquinas, a cuyo costado, entre la escalera dos y tres se encontraban los calabozos, y me puse al habla con Luciano a través de los agujeros de la puerta de hierro. Su voz, sofocada por el tabique de hierro, resopló indignada:

—No te desprendas del salvavidas. Vete a mi maleta y tráeme el revólver.

—¿Para qué quieres el revólver?

—Para saltarle los sesos a ese canalla... No tengas miedo. Igual naufragaremos y nadie nos podrá pedir cuentas por la muerte de esa bestia.

Mi primo estaba trastornado de furor.

Me aparté del calabozo con el propósito de aminorar sus padecimientos.

Durante toda la noche los mecánicos, vigilados por el Capitán, repararon la avería del timón. Los hombres, encaramados en un bote y auxiliándose con faroles, martilleaban y lanzaban sobre el agua los voltaicos resplandores de los sopletes oxhídricos. Al fin, las estrellas empalidecieron; por el Este apareció el borde de un sol rojo que fue creciendo como una llanta de fuego; los marineros izaron el bote a las seis de la mañana; el buque vibró bajo la trepidación de las máquinas en marcha y un grumete anunció que la avería estaba reparada.

Media hora después el "Blue Star" seguía su ruta hacia el Norte. Habíamos perdido siete horas de viaje- No sé por qué razones, de pronto, en el diario de a bordo (una pizarra), fue colocado un parte indicando que el buque no se detendría en los puertos de Callao, Ancón ni Ferrol, sino en Malabrigo, en el límite de Ecuador.

V

Veinticuatro horas después de este accidente miss Mariana se presentó en el comedor acompañada del radiotelegrafista y nos anunció:

—Señores, les presento a mi novio. Nos casaremos cuando lleguemos al puerto de Malabrigo.

Una ovación acogió la noticia. ¡Miss Mariana se casaba! Ab-el-Korda fue el primero en felicitarla: el conde de la Espina y Marquesi al oír la noticia se alejó del comedor para regresar pocos minutos después con un hermoso collar de perlas falsas que le ofreció con el más señoril de los ademanes. La segunda hermana de la mujer del caballero peruano murmuró, en voz suficientemente alta para que la oyeran otros:

—¿Dónde se habrá procurado ese collar?

Era visible la intención de la pregunta. Fingimos no escucharla y por la noche hubo un gran baile a bordo. Mi primo Luciano, a especial pedido de miss Mariana y del radiotelegrafista, fue puesto en libertad. Del magnífico puñetazo que le propinara el Capitán conservaba la nariz hinchada como una toronja. La señora escocesa que renunciara a su esperanza de convertir al árabe y de regenerar al conde de la Espina y Marquesi, tomó bajo su tutela a mi primo. Miss Herder bailó con el árabe y Annie, tomándome de un brazo me llevó a popa. Sentados en un banquillo, juntas las mejillas, las manos pasadas por las cinturas, nos dedicamos a contemplar el océano y a soñar en nuestro porvenir. Para ella estaba resuelto que yo iría a Shangai. Nos casaríamos allí. Yo no podía evadirme de uno de los varios proyectos que tenía para convertirme en un hombre útil a la comunidad.

El proyecto o los proyectos de Annie eran sumamente razonables. Había pasado el brazo en torno de mi cuello y me decía:

—Tú abandonarás ese absurdo viaje a que te han destinado tus parientes y que es otra estafa.

—Sí.

—Vendrás conmigo a Shangai.

—¿De qué viviré?...

—Vivirás con nosotros...

—Pero...

—Escucha... Vivirás con nosotros y estudiarás inglés. No oirás nada más que hablar inglés, francés o chino...

—Hablo algo de francés...

—Estudiarás inglés. Una vez que hayas estudiado inglés, a lo cual además te ayudará el estar rodeado de gentes...

—Sí, pero sin dinero...

—Escucha. Vivirás un año como si fueras pensionado nuestro. Yo voy a trabajar en la más importante compañía de neumáticos que hay en la Concesión Internacional. Ocuparé un puesto importante en los laboratorios. Cuando tú hables y leas regularmente el inglés te conseguiré un cargo en la compañía o en la administración.

—Sí... pero en tanto...

—En tanto qué...

—No te das cuenta de que lo que me propones... en fin...

Annie se echó a reír:

—Querido mío. Tú deseas tanto como yo ir a Shangai. Te duele haber sido un píllete por temor de que la gente continúe creyendo que lo eres, pero quédate tranquilo. En la Concesión Internacional no serás ni mejor ni peor que tantos otros que allí son personajes. Y ahora dime que me quieres.

—Sí- Te quiero.

—A mí sola.

—A ti sola.

Los giros de un vals llegaban a nuestros oídos. El "Blue Star" avanzaba rápidamente en el mar de leche. Mirando hacia el Oeste, me parecía ver aparecer las amarillas costas de China. ¿Qué nos esperaba aún? El viaje emprendido bajo funestos auspicios había sido rico en sobresaltos y calamidades. No veíamos la hora dé abandonar ese buque infortunado, con su pequeño comedor sombrío, sus camarotes de maderas oscuras y las negras chimeneas entre las que revoloteaba la mala suerte.

VI

Los viajeros estaban deprimidos. Recostados en sus hamacas, permanecían abstraídos, olvidados del libro que trajeran para leer. Cierto es que la atmósfera pesaba cada vez más; un sol a cada hora más brillante hacía arder la extensa llanura del océano como la boca de un crisol de plomo. El agua parecía antimonio derretido con su espuma argéntea batiendo el casco. Luciano calculaba que habíamos dejado atrás Puerto Ferrol. Nos aproximábamos a Ecuador navegando ahora sobre las más profundas "hoyas" del océano Pacífico, y que comprendidas entre los 20° y 40° de latitud bordean el casco norte de la América del Sur.

Mi condenado primo ocupaba su días estudiando astrología encerrado en su camarote y completamente desnudo. Cuando aparecía en el puente se dirigía a los pasajeros y les interrogaba sobre el día, mes, año y hora de sus nacimientos. Luego de meditar, les decía con todo misterio: — Usted, que tiene a Marte en el signo de Virgo, debe cuidar sus intestinos... Usted...

Algunos terminaron por creerle brujo. Más de una señora, al verlo pasar, se persignaba a sus espaldas.

Por supuesto, era imposible arrancarle una sola palabra acerca del destino del "Blue Star". El castigo del Capitán obró como antídoto contra su manía agoreril, pero si alguien entraba en su camarote, podía ver ostentosamente extendido sobre la litera el chaleco salvavidas. Las ancianas que el primer día de nuestra partida se apartaron de él, indignadas por su pintoresco vocabulario, se convirtieron poco menos que en sus devotas. Le rodeaban y agasajaban corno si fuera un santón. El mismo Ab-el-Korda estaba seguro de que a mi primo lo asistía un "djin", es decir, un genio. En cambio, el pastor protestante argüía que las dotes proféticas de mi primo tenían origen en una fuente diabólica. Algunos marineros pensaban que lo más práctico sería atarle un plomo al cuello y lanzarlo al mar, pero todos rezaban con más asiduidad, y semejante regresión indicaba en estas personas un saludable temor por el destino de sus pellejos. Las misas del pastor, efectuadas en el comedor, atraían a los que navegaban en el maldito buque, menos al hijo del emir de Damasco, que cumplía con su ritual muslímico, escrupulosamente encerrado en su camarote.

Pero estaba escrito que en cuanto a sorpresas no habíamos terminado. El acontecimiento más sensacional, por sus características extrañas, se produjo dos noches después que se reparó la avería del timón.

Daban las diez de la noche en el reloj del entrepuente cuando los que acabábamos de tomar té en el comedor fuimos testigos del más extraordinario espectáculo que pudiéramos imaginar, y este extraordinario espectáculo consistió en que el Capitán traía, poco menos que arrastrándola por los cabellos, a la segunda hermana de la esposa del caballero peruano. Un marinero mantenía cogida por las piernas a la escuálida señorita, mientras que las, manos de la solterona, revestidas de guantes de goma roja se agitaban poco menos que desesperadamente en el espacio. El Capitán sostenía en la mano libre una tijera. Sin ninguna contemplación, ayudado por el marinero, introdujo a la solterona en el comedor y la depositó violentamente sobre una silla, donde la mujer, sin quitarse los guantes de goma, comenzó a reparar el desorden de sus cabellos con espectacular calma.

Los testigos nos agrupamos silenciosamente en torno de los actores de este suceso y el Capitán, mostrándonos la tijera, se explicó:

—Acabo de detener a la señorita Corita en el mismo momento que con esta tijera pretendía cortar el cable principal del alumbrado de los camarotes, para producir una nueva alarma.

Estupefactos miramos a la señorita Corita como si la viéramos por primera vez. El hecho era innegable y lo comprobamos minutos después, revisando el cable mordido por la hoja de acero de la tijera que aún conservaba partículas de cobre. La solterona, sorprendida, no había tenido tiempo de quitarse los guantes. El Capitán prosiguió:

—Esta dama es la que ha incendiado el camarote del pastor Rosemberg; esta dama es la que arrojó al agua el equipaje de la señorita Herder, y ahora pretendía acrecentar la atmósfera de temor que aquí existe provocando un peligroso corto circuito. Prevengo a la tripulación y al pasaje que procederé sin contemplaciones contra todos los alarmistas y saboteadores.

Mientras el Capitán hablaba, nosotros examinábamos a la peligrosa solterona. Sentada en el borde de una silla, su piel, en la estampa demacrada y lívida, parecía erizarse como la de un gato frente a un mastín. De pronto alguien volvió la cabeza y descubrió al caballero peruano observando atónito el semblante de su cuñada. Parsimonioso avanzó entre nosotros, se detuvo en la misma línea que estaba detenido el Capitán y preguntó:

—Dinos, Corita, ¿por qué has hecho eso?

Doña Corita envolvió a su cuñado en una mirada despreciativa y sardónica. Luego, muy serena, respondió al tiempo que se examinaba las uñas:

—Como el señor Luciano presagia siempre desgracias, quise hacerle fama de adivino.

Mi primo, más que sorprendido, se retiró avergonzado; nosotros no atinábamos a pronunciar palabra, tanto nos desconcertaba el desparpajo de la incendiaria. El Capitán, que de sobras conocía las ventajas de su posición, se encaró con el caballero peruano y le dijo:

—Si usted no se compromete a pagar los perjuicios que esta señorita ha ocasionado en el camarote del buque, en el equipaje del señor Rosemberg y en el de la señorita Herder, me veré obligado a desembarcarla detenida en Malabrigo.

El caballero peruano se inclinó ceremonioso y respondió:

—Indemnizaré a todos los damnificados. Les agradecería me presentaran el monto de sus daños. El Capitán prosiguió: —Esta señorita irá detenida en su camarote hasta Malabrigo. Allí deberá desembarcar porque constituye un peligro para el pasaje. —Perfectamente.

Un gran círculo de silencio se había hecho en torno de los interlocutores, mientras que la incendiaria, plácidamente, con una tijera de bolsillo se recortaba las uñas.

El caballero peruano, lívido a consecuencia de la humillación que estaba sufriendo, se mordía los labios; la solterona de tanto en tanto nos envolvía en su grisácea mirada cínica; finalmente el Capitán dio término a la escena, llamando a un marinero y ordenándole que llevara detenida a la señorita Corita a su camarote. Tras ella salieron su cuñado y el Capitán, y nosotros, una vez que los tres desaparecieron, quedamos comentando el extrañísimo caso. ¡De manera que esta venenosa señorita era la que trabajaba de Fatalidad a bordo!

VII

Cuando una de las dos ancianas preguntó si no sería doña Corita la que había averiado el timón, nos echamos a reír. No; la cuñada del caballero peruano no tenía fuerzas físicas para hacer saltar los pernos de los sunchos del árbol del timón, ni el timón se encontraba al alcance de su mano dañosa, pero, por fin, esta temible compañera de viaje estaba bajo la tutela de un marinero, y no era probable que pudiera repetir sus atentados El conde de la Espina y Marquesi opinaba que la señorita Corita era un agudísimo caso de histeria. Annie en cambio afirmaba que se trataba de una perversa vulgar obrando abstrusamente porque contaba con la impunidad. Los que no terminaban de hacerse lenguas sobre el asunto eran el pastor Rosemberg y miss Herder, quienes, estimulados por las promesas del caballero peruano, confeccionaban la lista de los efectos que perdieran. La señorita Herder afirmaba que ella no pondría en dicha lista ni una sola prenda de recargo; el pastor juraba que entraría al horno ardiendo como uno de los Macabeos antes de cobrarle un pañuelo de más al opulento garante, pero ellos estaban demasiado contentos para que podamos creerles en absoluto. Cambiando miradas de inteligencia, la feminista y el matrimonio se encerraron en sus camarotes munidos de lápices y cuadernos, y estoy seguro de que con lo que le cobraron de más al señor Gastido podían instalar una tienda de ropa blanca. Muchos lamentaron no haber sido víctimas de la malignidad de la solterona.

Después de dicho incidente no volvimos a ver al caballero peruano, que almorzaba y cenaba con su familia encerrado en el camarote. Creo que trataban de eludir la hostilidad del pasaje desviada de Luciano y dirigida a ellos. Por la noche, cuando la tripulación dormía, la extraña familia se paseaba fantasmalmente en el último puente.

Desde cualquier punto de vista que se mire, su aventura no tenía nada de envidiable. La temperatura se tornó terrible. El aire escaldaba; el "Blue Star", perezosamente, seguía su rumbo en un mar de leche caliente, aplastado en toda la extensión. La costa permanecía invisible, pero la adivinábamos en los hedores vegetales que traía el viento, desprendidos de las selvas putrefactas de los bajíos. A momentos, la atmósfera parecía cargada de chispas de fuego; nosotros, en un baño de sudor, permanecíamos inmóviles en las hamacas hasta el anochecer, en que una luna roja y ardiente subía por el cielo como un redondo incendio africano.

—Pasado mañana a la noche llegaremos a Malabrigo —dijo mi primo el atardecer del 5 de octubre—; pero antes tendremos tormenta.

Efectivamente, al Norte se veía la cúpula del cielo rayada de lívidos relámpagos- Sin embargo no se divisaba una sola nube. Pero era visible que la atmósfera estaba cargada de electricidad. Entrada la noche hubo un momento que pareció que navegábamos en un océano de fuego; el horizonte era una muralla negra lamida por el oleaje de esta fosforescencia, quieta y muerta.

Si hubiéramos visto caminar fantasmas sobre las aguas no nos habríamos asombrado, tan tétrico pintaba el paisaje donde nosotros por momentos no sabíamos si estábamos vivos o muertos.

El Capitán andaba inquieto. Hacia las once de la noche el viento ululaba cortándose en la obra muerta, pero mi primo, inclinándose sobre la pasarela, me dijo a modo de nuevo Virgilio de aquel infernal paraje:

—Fíjate; el viento sopla y el agua no se mueve.

En efecto, fuese que la densidad del océano en aquel sitio, debido a la salinidad, resultara excesiva, fuese otra la causa, lo cierto es que el agua, insensible a la impulsión del viento, permanecía aplastada como una inmensa sábana de caucho batido. No era necesario ser adivino para asegurar un inminente cambio atmosférico.

Annie, despidiéndose de mí, dijo que aquella noche no me acompañaría. Su madre estaba afiebrada, y yo no sé si por efecto de dos whiskies que bebí con el telegrafista, me marché a la cama tan fatigado que me dormí instantáneamente.

A las cuatro de la mañana alguien me tiró violentamente de un brazo. Me incorporé sobresaltado. Quien estaba despertándome era el médico. Lo acompañaban el señor X, agregado comercial a la embajada del Japón, el señor Tubito y el traficante de alcaloides. Este consorcio de vividores me miraba de hito en hito. El médico, una vez que verificó que yo estaba bien despierto, me preguntó:

—¿Usted es el que va agregado a la "Comisión Simpson de Sondajes", no?

—Sí.

—¿Usted es geólogo?

—No... no... yo no soy geólogo...

—Pero usted dijo que nos encontramos sobre las hoyas más profundas del océano Pacífico.

—Sí, pero eso no significa que yo sea geólogo... Bueno... ¿qué es lo que pasa?

El médico se rascó la barbilla y luego con una precisión de lenguaje que no hubiera jamás soñado en un trapalón de su laya, respondió:

—Parece que nos ha cogido el radio vector de un remolino de agua de cien millas de diámetro.

La terminología del médico me extrañó. El se apercibió y aclaró:

—Yo nunca debí ser médico, sino ingeniero mecánico. En fin, creo que está claro... El buque es arrastrado por un remolino semejante al que se forma en la superficie acuosa de una bañera que se está desagotando. La única diferencia consiste en el diámetro. En la bañera el radio vector del remolino mide cinco centímetros, aquí, cien millas. Así dice el "segundo"...

Me di cuenta de inmediato adonde se encaminaba la suposición del médico. Repuse:

—Creo que su razonamiento tiende a demostrar que se ha hundido un trozo de corteza del suelo oceánico sobre una gran caverna plutoniana. El agua del océano, rodando al interior de aquella monstruosa caverna, forma el remolino que nos arrastra.

—Justamente, eso dice el "segundo".

—Lo que no acierto a imaginar son las dimensiones de semejante caverna —repuso el pintor mejicano.

Respondí:

—Para que pueda formarse una idea de las magnitudes terrestres le diré que la profundidad submarina más acentuada equivale a una ranura de diez milímetros de profundidad trazada en una esfera de un metro de diámetro, aunque lo que menos debe importarnos ahora son todos estos chismes. ¿Qué pasa en concreto?

—Pues desde anoche el jefe de máquinas, dando marcha atrás, intenta sustraerse a la corriente circulatoria que nos ha cogido en su rotación. Sus esfuerzos son vanos. Otros barcos están allí, atrapados como nosotros en la maldita ratonera.

Me vestí apresuradamente. El cielo de la mañana estaba decorado de vastos caracoles de estaño que con lentitud cruzaban hacia el Poniente la bóveda celeste. A través de las extensas llanuras de agua se veían otros buques cuya posición respecto al nuestro se mantenía inalterable, pues eran arrastrados circularmente a la misma velocidad angular que el "Blue Star". Los mástiles tristemente inclinados, los cascos como negros monstruos verticales, componían un dibujo desconcertante,

El señor X, la visera de la gorra hundida hasta la punta de la nariz, me observó:

—Fíjese que la superficie del agua ha cambiado. En vez de estar rugosa parece una rueda de aluminio en rotación.

El símil era exacto. El buque estaba empotrado, por decirlo así, en un inmenso disco de aluminio líquido, que giraba aparentemente con una velocidad periférica de treinta millas por hora. Cada diez horas dábamos una vuelta de remolino completa para acercarnos más al centro abismal.

—Esta vez estamos atrapados —dijo a mi espalda el conde de la Espina y Marquesi—. Podemos encomendar nuestras almas "al diavolo".

Yo no soy hombre de experimentar extraordinario entusiasmo cuando se trata de asomarse a un peligro, y de pronto sentí que algo se desplomaba vertiginosamente en mi interior. Tuve la impresión de que me derretía; miraba en redor y no sabía hacia qué dirección escaparme. Haciendo un tremendo esfuerzo me sobrepuse al miedo, dedicándome a observar a mis prójimos. Los oficiales en compañía del Capitán conversaban animadamente en la timonera. A las once de la mañana, todos nos reunimos en el comedor para escuchar al pastor Rosemberg, que comenzó a leernos un trozo de la Biblia.

El tema de lectura del pastor versaba sobre "la profecía de Joñas". Con voz cargada de dignidad comenzó a leer:

"Y tenía dispuesto al Señor un grande pez que se tragó a Joñas y estuvo Joñas en el vientre del pez tres días y tres noches.

"E hizo Joñas oraciones al Señor Dios suyo desde el vientre del pez.

"Y dijo: en mi tribulación llamé al Señor y me oyó. Desde el sepulcro clamé y oíste mi voz.

"Y me echaste en lo profundo, en el remolino de la mar y la corriente me cercó, todos tus remolinos y tus ondas pasaron sobre mí".

Aquí el pastor Rosemberg se interrumpió y dijo:

—¡Qué maravillosa coincidencia nos ofrece la piedad del Señor a través de los siglos! No sólo nosotros estamos y hemos sido cogidos por un remolino, sino que en los pasados siglos hubo también un hombre, llamado Joñas, sobre el que pasaron todos los remolinos y las ondas del mar. ¿Y qué sucedió con este hombre Joñas, hermanos míos? ¿Qué pasó? Pues algo muy simple. Lo dice aquí el santo libro:

"Y vino otra vez la palabra del Señor a Joñas, diciendo:

"Levántate y ve a Nínive, ciudad grande, y predica en ella el sermón que yo te digo":

Nuevamente el pastor cerró el libro y dijo:

—¿Qué significa esto? Pues que Joñas salió del vientre del pez grande, sano y salvo, por haber orado al Señor. Y en prueba de que salió sano. y salvo del vientre del pez grande, el cual algunos suponen que era un ballena, fue enviado a Nínive a predicar un sermón. ¿Qué significa, vuelvo a preguntar, esta coincidencia de hechos? Pues que nosotros, como Joñas, nos salvaremos y entraremos en nuestras respectivas ciudades para predicar y ensalzar la grandeza de Dios que nos salvó de tan grande peligro como es un remolino.

Mientras el pastor Rosemberg nos edificaba de esta sabia manera, la señora escocesa se golpeaba el pecho con los puños, llevando en cierto modo el compás de la lectura. Las mujeres estaban llorosas; mi primo, sentado en un rincón, trataba de sofocar sus sollozos. El pánico lo había trocado en una criatura. Pero no fue él solo. No. A las tres de la tarde el drama comenzó a convertirse en tragedia. Un tripulante de color oyó una conversación del telegrafista, en la que éste manifestaba que posiblemente seríamos tragados por un embudo oceánico que nos sumergiría en una caverna submarina, y su terror fue tan desmesurado que, sacando de su cucheta un revólver escondido, se descerrajó un balazo en la cabeza al mismo tiempo que se lanzaba al océano. El cadáver del negro, cogido por el mismo torbellino que arrastraba a la nave, flotaba a estribor del "Blue Star" como si una mano invisible lo mantuviera a ras del agua. La gente, para evitar el espectáculo, se reunió a babor.

A las cinco de la tarde mi primo Luciano, completamente aterrorizado, se arrastró hasta su litera. Semejante a un moribundo permaneció allí con los labios despegados y los ojos en blanco.

VIII

Annie, tomada de mi brazo, no se apartaba un solo instante de mí. Los rizos de su cabellera negra enmarcaban un rostro pálido y de grandes ojos, dilatados por el espanto. Yo no sabía a qué palabras apelar para consolarla.

El pastor Rosemberg instaló servicio religioso en el comedor. Annie, a pesar de su gran amor hacia mí, acabó por adherirse al grupo en el cual la señora escocesa, el conde de la Espina, Mariana y la señorita Herder rezaban devotamente a todos los santos. Ab-el-Korda, no soltaba un momento su Corán. A las nueve de la noche supimos que el señor X, agregado comercial a la embajada del Japón, se había colgado por el cuello de una soga.

En el comedor el conde de la Espina y la señora escocesa leían, alternándose, versículos del libro de Job. A las cuatro de la mañana me refugié en el camarote del médico que, convenientemente bebido, explicaba con lengua estropajosa al pintor Tubito y al traficante de alcaloides: —Cuando el buque llegue al centro del remolino, el eje de vacío lo absorberá como una ventosa hacia el fondo. Nosotros nos deslizaremos a una velocidad fantástica a lo largo de un cono de agua que irá oscureciéndose hasta que el tremendo choque nos despedace en el fondo del abismo.

Yo, recordando mi física de bachillerato, repuse:

—En cuanto lleguemos al centro del remolino, tropezaremos con una corriente de aire vertical en dirección opuesta a la que sigamos, de manera que a causa de la atmósfera desalojada, es muy probable que lleguemos al fondo semiasfixiados.

¡Qué curiosos los fenómenos psíquicos que sobrevienen en los momentos de terror! Yo, que un día antes pensaba ligar mi destino al de la voluptuosa Annie, no me acordaba de ella ahora. Cuando pasaba por el comedor y la veía leyendo en la Biblia el libro de Joñas, entre la pecosa escocesa y el ladrón internacional, pensaba que el aspecto que ofrecía en compañía de esa gente era francamente ridículo. Y, sin embargo, yo no podía evitar tampoco la presión del miedo que por momentos me hacía desplomar anonadado en la primera litera que encontraba. El hijo del emir de Damasco no apartaba la vista un instante del libro santo.

En tierra, a la misma hora, los periódicos comentaban nuestra situación en los términos más dramáticos. La agencia "Argus" describía a doscientos quince periódicos del mundo la situación de los tripulantes de los otros buques (del nuestro no podían tener informes porque nuestra instalación de telegrafía sin hilos estaba averiada) en estas palabras:

"Las tripulaciones de los buques arrastrados por el torbellino han abandonado sus tareas y vagan enloquecidas. Doscientas mujeres y quinientos hombres de diferentes edades se encuentran en los actuales momentos apoyados en las pasarelas de las naves, mirando con ojos dilatados por el espanto los concéntricos círculos de agua plateada que los aproxima cada vez más al centro del hueco del torbellino. En todos los buques han dejado de trabajar los motores, vista la inutilidad de sustraerse a este nuevo tipo de megasismo. Es evidente que se ha producido una catástrofe suboceánica de incalculables proyecciones. El eje del remolino se encuentra en una hoya de las más profundas del Pacífico, 11.500 metros. Es probable que la costra submarina se haya desplomado sobre una excavación plutónica de capacidad incalculable por ahora. El astrónomo Delanot asocia este fenómeno al de las manchas solares en actividad, aunque él, como todos los directores de observatorios, está asombrado de que los sismógrafos no hayan registrado ningún movimiento sísmico cuyo epicentro corresponda al paraje de que nos ocupamos".

Llegó la noche y el espanto de la tripulación aumentó. Varios infelices consideraban a mi primo Luciano como responsable de cuanta desgracia ocurría a bordo. Cuando menos lo esperábamos, el zapatero redimido del tirapié, el apache regenerado, el guardaagujas y varios otros malsines se dirigieron al camarote del desdichado, lo tomaron por las piernas y poco menos que arrastrándolo por el suelo lo arrojaron al océano.

En estas circunstancias ocurrió algo que puede calificarse de extraordinario.

Mi primo en vez de hundirse en las aguas o de flotar horizontalmente quedó verticalmente empotrado en el océano, como uno de esos muñecos de celuloide que tienen por base un casquete de plomo. Tan extraña capacidad de sobrenadar les pareció a esos malsines la evidentísima prueba de que Luciano era un brujo y de consiguiente el único responsable de todas las desgracias que nos acaecían. No había tal. Luciano no era un brujo sino un desgraciado que había cometido la imprudencia de endosarse un chaleco salvavidas debajo de su holgada bata.

Cuando vi sobrenadar a mi primo pensé que esta prueba dulcificaría el ánimo de esos borrachos, pero ocurrió precisamente lo contrario, y es que los salvajes, después de cerciorarse de que Luciano estaba vivo, llamándole para ello a grandes voces y después de contestarles él, cogieron cuanto podía utilizarse como proyectil y comenzaron a lapidarlo. Un gancho de hierro se incrustó en la cabeza de mi primo como si ésta estuviera compuesta de la tierna sustancia de un queso de bola y un lingote de plomo dio fin a la vida del desgraciado.

Así acabó mi noble pariente Luciano. Era un hombre singular, aficionado a meterles miedo en el cuerpo a sus prójimos y él mismo miedoso como una liebre. Tenía una singular predisposición para encontrarse en todos los parajes donde ocurre algo que es prudente evitar. Siempre le gustó hacerse el fantasma. Recuerdo que cuando pequeño se envolvió en una sábana y ocultándose en un recodo del jardín, en la noche, bruscamente salió al encuentro de una asustadiza tía, la cual, a consecuencia de la impresión, quedó definitivamente estúpida.

Quisiera poder expresarme acerca de Luciano en términos más encomiásticos, pero estoy seguro de que desde ultratumba él se irritaría si yo hiciera un elogio convencional de sus deméritos. En diversas oportunidades le advertí, y conmigo otros que le conocían mejor que yo, que fuera más circunspecto, pero la vanidad lo perdió. Particularidad curiosa; una quiromante le dijo que moriría en una rueda, y siempre creyó que sería bajo una rueda de automóvil y no la rueda de agua en la que pereció. Por eso huía de las calles de las ciudades, prefiriendo habitar en los pueblos tranquilos y solitarios, pero está escrito que nadie puede soslayar su destino. Si yo hubiese podido salvarle lo habría hecho, pero no me atreví a intervenir, temeroso de que también me asesinaran. El Capitán, desde su timonera, vio consumarse este crimen sin intervenir, inmóvil como un sonámbulo. A las doce de la noche llegaba ya a nosotros, desde el horizonte, el rugido tremendo que producía el agua al ser engullida por la caverna submarina. En cada puente el pasaje formaba corrillos de sombras que gesticulaban espantadas. Arriba, en el espacio, las estrellas lucían como siempre; abajo, el remolino, compacto en su masa acuosa, rotaba como el seguro volante de un motor recientemente puesto en marcha.

Salió la luna y era un espectáculo sorprendente esta llanura de agua convertida en una tersa rueda de plata, cuya pulida superficie refractaba la claridad lunar como un reflector parabólico. En ciertas partes de la nave nos veíamos los rostros inundados de grandes haces de luces y sombras, como si estuviéramos situados en un continente lunar.

A las tres de la madrugada nuestro Capitán, que entonces supe que se llamaba Henry Topman, entró en su camarote y se descerrajó un pistoletazo en la sien.

IX

La disciplina de la tripulación se relajó por completo. El zapatero redimido del tirapié, el guardaagujas, el despensero y el cocinero organizaron una francachela monstruosa en el departamento de máquinas. Los cánticos y sus voces subían desde las entrañas del buque, como un coro infernal del centro de la tierra. Cuando el primer maquinista quiso intervenir casi le rompen la cabeza con una pala carbonera.

No marchaban mejor las cosas en otros buques. El "María Eugenia", que traía una tercera clase abundante, fue teatro de diversos excesos. Un grupo de árabes se acuchilló con un grupo de judíos; el segundo maquinista de guardia tuvo que matar a balazos a un fogonero enloquecido de terror; el señor Ralp, un comerciante de la isla de Aoba, asesinó a su mujer y luego se arrojó a las aguas.

Amaneció un segundo día de horror. Como los marineros del "Blue Star" habían abandonado sus tareas, el buque parecía una pocilga. Donde se ponía el pie se tropezaba con montones de basura; una sección de la carga, compuesta de carne congelada, debido a que el servicio frigorífico estaba abandonado, comenzó a heder espantosamente. Parecía que llevábamos un cargamento de cadáveres. La desmoralización se hizo tan ostensible que todos terminamos por armarnos con lo que teníamos a mano, pues no sabíamos si la muerte debía llegarnos de la mano de los hombres o del furor de los elementos.

¿Qué diré de nuestra gente? El conde de la Espina, harto de esperar a la muerte y más harto de leer versículos en la Biblia, atentó contra el pudor de la señora escocesa. La señora escocesa se defendió tan vigorosamente con un paraguas que el pobre conde salió de la reyerta con un ojo reventado. Miss Mariana, en cambio, atacada de una repentina sed de castidad suspendió su compromiso de amor con el radiotelegrafista. Arrodillada en compañía de miss Herder en un rincón del comedor oraba en voz alta, mientras que la señora de Rosemberg, el caballero peruano, su mujer y sus tres cuñadas, formaban un grupo que lanzando alaridos sincrónicamente se golpeaban el pecho como si suplicaran a los cielos que descargaran sobre ellos toda su cólera. Annie, insensible a todo consuelo, permanecía inmóvil en un rincón de su camarote, la vista fija en el vacío, teniendo asida una mano de su madre, que a cada cuarto de hora se incorporaba en la litera y aullaba:

—¡Dios mío, dime quién soy, Dios mío!

Nunca me olvidaré de un caballero pelirrojo, comisionista de motores y artefactos eléctricos. Munido de un hacha había despedazado por completo la puerta de su camarote; cada tanto arrojaba un trozo de madera a las aguas y apoyado en la pasarela se quedaba mirando cómo el trozo de madera acompañaba al buque en su carrera circular. Otro, en el comedor, inmovilizado como un sonámbulo frente a una brújula de bolsillo, seguía con ojos de enajenado el lento rodar de la aguja magnética. Una mujer desmelenada como una furia, con el vestido rasgado sobre el pecho permaneció ocho horas aferrada a un mástil, fija la mirada en aquel redondo espejo de plata, pulimentado por la implacable claridad que caía de los cielos. Luego se desplomó. Estaba muerta.

El bramido de la lejana catarata se hacía cada vez más cercano. El sol ardía en el cielo como un alto horno que vomita haces de llamaradas. El médico, el pintor Tubito y el traficante de alcaloides, rabiosos de sol, de alcohol y de desesperación quisieron secuestrar a miss Mariana y a miss Herder, pero el telegrafista tumbó a balazos al médico y al señor Tubito. El traficante de cocaína se retiró mansamente a la enfermería dedicándose a cuidar al conde de la Espina y Marquesi, que con su ojo vaciado deliraba lamentablemente. Durante su delirio reveló un ingeniosísimo plan de estafa que tenía proyectado con otro cómplice en perjuicio del Banco Canadiense de Venezuela.

Sobrevino un atardecer rojo. La banda de malsines continuaba su francachela en el fondo del compartimiento de máquinas. Se habían desnudado por completo; fue menester cerrar con candado la verja que daba entrada al compartimiento para evitar que aquellos salvajes se lanzaran al puente y cometieran desafueros.

El caballero peruano, su mujer y sus tres cuñadas, miss Herder, miss Mariana, el pastor y su esposa y la agraviada señora escocesa se procuraron unas velas no sé dónde. El caballero peruano extrajo de una de las maletas de sus cuñadas un tremendo crucifijo de oro y organizando una peregrinación por los puentes se pusieron en marcha al son de la canción: "¡Oh, María, madre mía, etcétera, etcétera.....!"

Tras de la reja del departamento de máquinas, los brigantes desnudos, al pasar la procesión, le gritaban increíbles obscenidades, pero las devotas y sus acompañantes continuaron imperturbables. El telegrafista abría la marcha con un cirio en una mano y el revólver en la otra.

El hijo del emir de Damasco, postrado en el puente que se extendía frente a la timonera, batía el suelo con la frente al mismo tiempo que oraba la "oración del Miedo". Y en el instante mismo en que la procesión llegaba a popa, resonó furiosamente en el comedor el gong y el contrabandista de cocaína apareció gritando:

—¡Aviones, llegan los aviones a salvarnos! ...

X

Del confín partían sordos silbos de sirena, el océano se poblaba de columnas de sonidos. ¡Salvos, salvos! Desde todas las direcciones del cielo aparecieron flotillas de hidroaviones. Yo me eché a llorar como una criatura al abrazarlo al contrabandista de alcaloides.

Esta vez una racha de locura cruzó la nave de un rincón a otro. Las mujeres se arrodillaban en cubierta, de diferentes ángulos salían hombres barbudos y ojerosos, la banda que escandalizaba desnuda en el fondo del compartimiento de máquinas tumbó la verja y en cueros como estaban se lanzaron danzando por todos los pasillos del buque, al tiempo que aullaban de alegría.

Ahora sí que nadie se irritó. Aparecieron cajones con botellas de vino y cerveza. Se bebía. Hubo cantos en coro, todos iban y venían; nadie se lamentaba de los bienes que tenía que perder; en cada pasillo, frente a cada camarote había un tumulto movedizo y siempre renovado de personas que con las manos extendídas ofrecían un vaso de champán, y a medida que aumentaba la alegría de salvarse el ruido humano crecía más resonante. ..

De pronto me acordé de Annie. Corriendo me dirigí a su camarote. Continuaba allí, sentada a un costado de la litera de su madre. Una expresión extraña aperplejaba su rostro:

—Annie —le grité—.Annie, ¿no me entiendes?

Ella no me miró. Sonriendo con desvanecida sonrisa de criatura, decía:

—No quiero comer. Te digo que no quiero.

Entonces comprendí. Se había vuelto loca.

Afuera zumbaban poderosamente las hélices de los primeros aviones, que partían cargados de resucitados.

—Annie —volví a gritarle—, Annie, ¿no me entiendes?

Y ella repitió:

—Te digo que no quiero.

Entonces me senté tristemente en la orilla de la litera y allí me quedé junto a ella hasta que vinieron a retirarnos.

Bajamos por una escalerilla hasta un bote. Yo iba junto a mi muchacha como un muerto. Un hidroavión se aproximó a nosotros. Annie no pronunciaba una sola palabra. Yo tomé su mano fría. Ella, su madre y yo subimos al aparato ayudados de un mecánico. Entonces la madre, cuando ya estábamos sentados, me dijo en voz baja:

—Ella siempre estuvo enferma. Siempre, sabe.

Y yo supe en ese momento que el médico de a bordo no había mentido.